CE QUI RESTE DE PULPE

ISBN : 978-2-492867-29-3
Dépôt légal : 2024
Couverture et mise en page :
Renaud le Gall-Kraus/WE design
www.editions-abstractions.com

SARAH HATIMI

CE QUI RESTE DE PULPE

POÉSIE

Préface de Grégory Huck

COLLECTION DE L'Olifant

Dirigée par Grégory Huck

ABSTRACTIONS

PRÉFACE

J'AI JETÉ AUX LOUPS LE VERBE PENSER

Oui, Sarah Hatimi a jeté aux loups le verbe penser, elle a préféré taire ses réflexions pour entrer en poésie, pour laisser le verbe s'insuffler plutôt que de le torturer, de le restituer en souffle sacré plutôt qu'en pensées trop rondement calibrées. Destinant alors l'essence de son esprit, le raffinement distillé de ses vers, sa musique, à l'oreille d'un monde enfin plus attendri, attirant l'individu précieux, plutôt que la foule lourde, dans son concert sauvage, urbain, mais toujours juste, de cette justesse dont toute grande poésie ne saurait se départir.

« Un poète est un monde enfermé dans un homme », disait Victor Hugo, c'est peut-être parce que nous sommes parfois si mal sur terre que nous avons besoin d'entendre ceux qui cultivent des univers intérieurs. Sarah Hatimi fait partie de ce rang, de cette classe de poètes qui s'imprègnent de leur environnement, refusent parfois de le subir et qui ont l'intention de le sublimer en fécondant des visions à travers le prisme de leurs sens déployés.

Peut-on parvenir à créer, à traduire le réel sans détruire au passage des réalités plus anciennes ? Nous avons la sensation en lisant la prose poétique de Sarah Hatimi qu'elle déchire les stéréotypes qui jalonnent sa route. Elle les déchire, mais non pas pour les fondre dans les statues de nouvelles idéologies ; ce qu'elle veut c'est modeler autour d'eux un verbe capable de restituer ce que nous sommes tous avec nos creusets de défauts et nos beautés à préserver. Sa poésie se nourrit de considérations journalières, poésie qui se love tel un serpent entre nos zones de conforts et se meut dans les trajectoires du quotidien, mais qui dépasse la simple observation des choses, qui fait entrer la simplicité d'une journée dans une forme métaphysique.

Cet arrangement difficile, entre le moi et l'agora, entre les murs de la liberté et ce qui se tient hors les enceintes, je le retrouve aussi dans sa correspondance, dans cette lettre qui me fut adressée :

« Je suis pétrifiée à l'idée de ne plus savoir mêler ma salive à celle des autres.

Alors que l'Heure est au grand déversement, mes mots sont aspirés, je ne mime que leurs voyelles.

J'ai des aphtes aux idées. Des cloques à la pensée. Des corps flottants aux visions.

Je suis un parasite qui rampe au sol fatigué de son hôte, lassé par les prochains, blessé par sa propre coque. »

Sarah Hatimi n'est donc pas épargnée par la condition des créateurs, dont un des états exige une nécessaire solitude. Oui, le poète se mêle au désordre des rues, absorbe des contemplations, recueille des observations et aussi participe âme et corps à la grande ruée vers la vie, mais pour restituer ses sensations, pour extirper du prisme de ses sens la poésie, cette quintessence musicale, il lui faut sagement savoir vaincre solitude et isolement. Le poète c'est le sage et la bête qui dansent dans un même cerceau de feu sacré et cette danse insolite, Sarah Hatimi nous l'offre dans un sursaut de toute beauté, mordant sa propre pulpe pour en extraire l'essence.

La poésie de Sarah Hatimi est un chant de sirène, qui veut nous entraîner au fond de nous-mêmes ; là où notre beauté est tassée, tordue et isolée, son chant fou nous enjoint de délivrer notre grâce et de la vivre libre.

GRÉGORY HUCK
Directeur de la Collection de l'Olifant

Le cœur ne bat pas toujours à sa place,
mon pouls se fait entendre partout au corps.

SARAH HATIMI

À ceux pour qui m'aimer est un courage,
celui de me hisser quand je projette mon être
hors les murs,
sans la tentation de piquer dans ma poitrine
ce qui reste de pulpe.

CONTRE-NATURE

À l'évidence, la Nature m'ennuie beaucoup.
Je longe les eaux et mes pas de suture affinent l'ourlet du bitume luisant.
Je cueille le gravier pour assommer ces canards qui trop froidement brassent le temps,
fais des grimaces aux cyclistes,
eux qui s'enroulent dans un paysage qu'ils engourdissent.
Avant de m'étaler à même la terre, arrachant toute la flore digne de périr sous l'emprise de mes griffes dotées en or.
Mais toi !
La trobairitz aux manchettes, tressées sous les volontés du dernier hippie rendu orfèvre,
j'aurais embrassé tes chevilles pour que tu joues assez fort de ce cor
jusqu'à ce qu'il en jaillisse ces ententes de rimes qui aspirent la bruine.
Je t'aurais soufflé ma jaculation pour les dames brunes,
Celles qui méritent d'être encensées plus noblement que la Nature,
que cette litière de verdure, que ce lit d'usure, à la beauté aussi volatile qu'un convoi de bulles.
Les insectes retroussent mes chevilles et sucent mon derme, je m'extrais en opposant au décor un sourire

épinglé, consolée par la souveraineté des Hommes que j'affirme en raclant mes talons sur ce tas de feuilles mortes sans caveau.

LA CABANE DORÉE

Les dernières demeures, où se côtoient de maigres humanités, seuls usages que les vivants sont encore capables de se témoigner.
Fleurs, larmes, décrue d'acrimonie, pour s'incliner devant des Hommes à terre.
Je ne marche entre les tombes en vertu d'aucune sagesse.
Ni ne fanfaronne autour des mérites de la mort pesée contre je ne sais quelle mesure d'appréciation de la vie ou d'alternance des cycles.
Je ne marche entre les tombes que pour y rencontrer la sympathie des œillets sans racines, courtiser certains corollaires de la mort marbrés d'un silence majestueux.
Parier sur quelques cadavres.
Non.
Pour mater Jésus et peloter la vie.
Je ronge mes cuticules d'ongles, me surprends à renifler langoureusement la pulpe de mes doigts pour l'odeur d'un oignon rouge émincé d'il y a quelques jours. Les jours qu'il reste, cette distance entre mon ardeur et la mort, va !
Je vais l'épuiser.

Un souvenir émerge.
« Viens par-là, mon odeur te rattachera à moi. »
Je souris de mes chroniques loufoques et déraisonnables.
Je souris. J'accouche d'un hurlement. Le poids de ma joie, tribale.
Je danse. Et le mouvement ne contient plus ce feu qui grandit sur la face interne de mon corps, pourtant humide.
Mes courtes jambes dévalent le couloir à tire-d'aile jusqu'à m'abattre volontairement sur chaque mur porteur de cet immeuble, fanatique.
Jeunesse, on t'a arrachée, entre mon enfance et mon adulte c'est le vide sur lequel je suis encore suspendue.

Liberté, je ne dirai pas ton nom, puisque ceux qui s'en réclament suintent les attentes et les besoins féroces de reconnaissance.
Et je voudrais ne cultiver qu'une sage hypocrisie.
Cette jeunesse fauchée était la cabane dorée, loin de la divine providence, suspendue par un câble à crochets à disposition des Hommes revenant toujours vers l'Aimé.

SÈVE

Les bordures du canal moulent des continents
L'hiver joue de son haleine,
Et moi de mes roulements.
Les briques du Midi vernissent de roux
les sautoirs
L'Au-delà ne conjuguera pas la peine,
Et moi je me servirai de mes mouchoirs,
Pour remonter la cire des bougeoirs.

VA-ET-VIENT

J'ai jeté aux loups le verbe penser.
Parce que penser, quand c'est bien fait, ça tuméfie la gorge, ça fume jusque dans l'arrière-nez à vous en faire régurgiter l'hostie, à vous en sécher la bile, et non moins pire, à échancrer les fentes de vos lèvres supérieures barbouillées d'un karité trop raffiné.
Penser n'est bien souvent que la posture de la belle formule et du beau dire.
La pensée de subsistance, portant manie de l'absurde, est un potage de sens discordants, n'excluant pas le monstre ennuyeux de la foi qui conduit à nous faire dérailler les rotules dans les bras du surnaturel et de la magie après chaque pensée de raison.

La rencontre est la nourricière que nous aurions voulu élire et épouser.
Il y a eu celle avec les premières pages de *L'Amant* de Marguerite Duras ; ou la fine conscience d'un cerveau en disruption avec le corps, que le temps contient notre mort, et qu'en plus de ne pas savoir quoi rendre à l'existence, il faut *y faire* vite.
Je ne m'aventure plus chez d'autres que Kundera car il n'est pas donné à tous de savoir déballer son calbar sans vous

voler violemment ce qu'il peut vous rester d'insouciance.

Le voyage est une consommation auréolée, une vertu travestie par la tyrannie de l'exotisme.
J'ai foulé Rotterdam, ses monarques opalescents, ses oies au règne sans loi qui partagent ces terres d'eau et de moulins avec ses citadins lustrés, à la langue trempée et façonnée aux frontières.
Puis, j'ai retrouvé Paris, qu'on dirait pays, carrefour des rendez-vous intimes sur la route de l'intelligentsia et ses mirages.
Paris est la gardienne des lieux, celle qu'il fait toujours bon de sentir, son rouge à lèvres sûrement L'Oréal et sa chatte possessive, oui ; sa vraie chatte.

La sollicitude des wagons qui sifflent l'épouvante, les voyageurs qui marinent désespérément leurs tentacules dans les eaux territoriales du Bien s'enroulant dans les grains de panure d'un humanisme de fortune.
Ces mêmes corps figés qui ne sont jamais lassés de citer Malcolm X, ces trentenaires tous savants qui tartinent leurs enfants au miel bio de châtaignier, les adeptes de ces nouveaux dieux qu'on se paye entre trois principes d'ayurvéda importés par un à-peu-près-thérapeute en reconversion, faveurs pour lesquelles il conviendra d'hypothéquer la maison.
Trois taffes de soufisme vapotées dans un format poche Albin Michel à l'angle d'un rayon Fnac sur une table d'expo titrée « spiritualité vivante » qui prête l'illusion

d'avoir les couilles d'un surhomme du 21e siècle, un credo plus commode et plus vintage qu'une religion monothéiste dans un verbiage antique et mal traduit ; un suçon donné au vide, on troque les archaïsmes. Pourquoi pas !

Rentrer chez soi…

Le retour vers soi est l'affaire d'un détestable accommodement. Je me suis tue, d'un silence pèlerin. À l'inverse de la séduction qui en est le corps, l'amour est le crève-cœur de l'imagination. Il rejoint la panoplie des attachements domestiques, cet amour-là, celui qu'on enferme devient un repose-pieds, qui équilibre la circulation, le sang-froid, compromission d'une chaise qui s'ajuste à une table. Au mur, des tableaux, vision en soupirail qui de notre place figée, meublée, nous apparaissent comme de vieux fantasmes exténués que rien ne pourrait réanimer. Pourtant s'y plonger, s'y noyer, s'y étouffer, nous est une issue préférable. Ne plus appartenir à ce décor lourd, rançon des salaires accumulés.

Ta lettre sur la table…

Elle est ouverte, lue, morte, car mes mots n'avaient pas trouvé leur destination.
Mais puisque tu as dit qu'il subsiste quelques « jolis humains », qu'on raconte que les peintres sont visionnaires et que ce que tu appelles ma neurasthénie a rencontré les bienfaits de l'*Eschscholtzia californica*,

alors je me tiens aujourd'hui devant toi, résolue à retrouver ces choses qui nous font vivre comme des champignons occultes, des méduses non fluorescentes, en accord avec nos vagues à l'âme.
Et je dis « âme » parce que c'est aussi pour cela que je me tiens la tête haute devant toi ce soir. Pour cette confidence, plutôt pour cette frayeur : As-tu toi aussi fait la rencontre des Hommes sans âme ? As-tu parlé à l'un d'entre eux ? Sont-ils variants de notre condition ? Résurrection d'un monde sans questions ?

REFUGE URBAIN

Je n'ai jamais été digne des grands endroits.
Je traîne ce bout de corps, ou plutôt ce qu'il en reste,
un peu partout dans cette eau presque Cristalline.
Je pensais à ce que ça ferait d'être incinérée vivante.
Un corps qui brûle. Pas à la fin. Ni au début.
Juste à point. Quand l'essence ou la douleur imprègnent suffisamment
la chair pour amorcer une des plus jolies flammes
que pourrait connaître l'histoire du monde.
Ça va être dur de faire comprendre à Dieu que j'aime le Feu.

Mais puisque, au nom du bien et de l'équilibre, les idées noires sont vouées à l'asphyxie, j'ai siroté de la camomille, soufflé un vœu dans un pissenlit, et espéré rentrer chez moi, à temps, en ville, tant que le gravier est encore chaud et que les vapeurs de gasoil immunisent mes bronches.

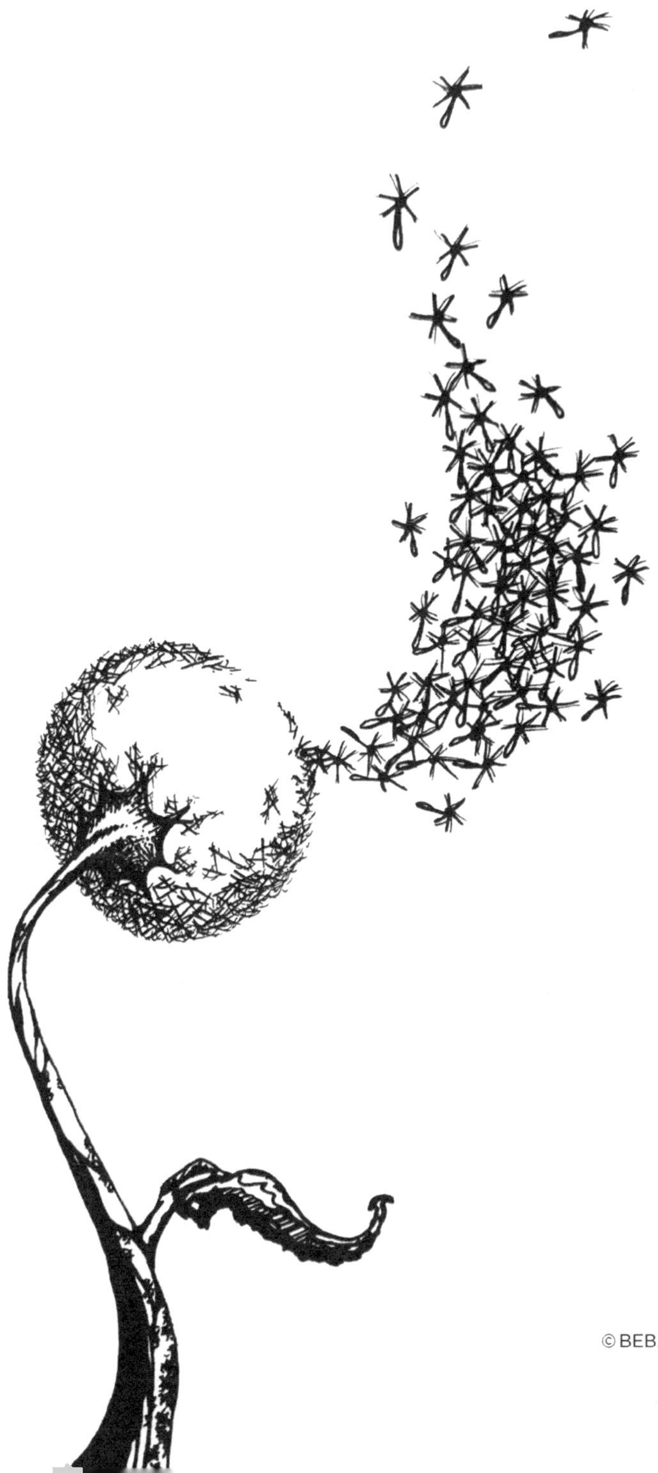

DU POIVRE DANS L'ŒIL

Tandis que je sentais les touristes s'approcher et nous entourer, je me laissais sagement envelopper par le regard du portraitiste italien qui, en levant hâtivement l'œil de son travail, faisait fuir ceux-là mêmes qui moquaient mes manières de statue et ma discipline.
Nous sommes ainsi parvenus à être deux sur cette place du Tertre que j'avais pris l'habitude, le temps de mon séjour, de dévaler en moins de rien pour fuir la vermine.
Les visiteurs allemands et hollandais, pisse-froid, avec leurs Birkenstock en tongs, aux corps relâchés, aux visages ankylosés et aux cœurs désinstallés par le froid humide qui les berce au long de l'année.
Tout juste leur tendrez-vous l'oreille qu'ils se diront sultans d'Europe.
Le caricaturiste aurait pu être forain ou proxénète, son cou serti de chaînes en or, le tatouage des cinq points, le teint et le poids marqués par l'hygiène du parfait bon vivant.
Le pastel s'étale de plus en plus, son regard parle, sa concentration avale les minutes et fait déborder son œil droit de larmes, qu'il n'essuiera pas, il devient artiste.
Plus au soir, je remonte la ville depuis le théâtre du Nord-Ouest non sans peine, et me raconte à moi-même que la misère du monde c'est un peu comme l'affaire des

capuchons de rasoir qu'on laisse passer dans le siphon, c'est des emmerdes à retardement bien avant la pollution des océans.
Un mendiant alcoolisé me barre la route pour des euros.
Il lève les yeux au ciel : « Faites qu'elle ne garde pas le Paradis celle-là ! »
Je n'ai rien donné, et il est remonté à la surface de mon sommeil durant toute la nuit.

MIROIR GROSSISSANT

Ouvrir le pas.
Épeler les visages.
Transgresser la culture du lien et épeler les visages.
Sillon nasogénien. Félon des identités.
Tondre le poil fourchu. À la racine.
Les esprits de corps ne se rachètent pas à l'encre des amabilités de fortune.

Parc résidentiel, impasse Collenot.

Qui du souvenir ou du rêve ?
Qui du souvenir ou du rêve ?
Qui résistera aux illusions mal ajustées ?

FRUIT RÉPANDU

Il faudra sans doute brosser la couleur des horizons partagés.
Le soir d'un second jour de quelque chose, il faudra être en passe de rendre les honneurs.
Se résigner à croire que les déboires engendrent les rires sans fard, que les fracas ne sont que les marques de démesure de ces quelques Hommes fringants, de ces Hommes de joie sans qui le monde ressemblerait à un sourire au moins aussi prosaïque que celui d'une femme du Parti Socialiste.
Nous ne sommes pas égaux en sourire.
Il faudra se souvenir de ces soirées du bon vivre, se souvenir qu'il faut éviter la tentation d'une existence de bons choix, laisser ça à ceux qui ne peuvent que se payer le luxe de bien faire.
Pour faire naître des horizons nouveaux, il faudra s'obstiner à s'entourer d'amitiés renouvelées et ductiles qui se tiennent résolues une fois de plus à croquer dans la pomme, broyer les pépins, en créant vaillamment la certitude que nos actions entraîneront toujours et finalement un sens supérieur et gracieux.

LE GOÛT DE SOI

Je ne goûterai jamais à mon propre goût.
Ma réalité ballottée entre les empreintes vaporeuses qui essuient ce que ma présence épand pour moi.
Quidams flattent ma compagnie, en décrochent une bretelle, la rattrapent d'une barrette qui me pince à la peau, pour rabattre dans l'air consumé à deux les portes au derrière ou devant le repli d'une pensée d'opinion.
Je me veux.
Je me veux comme on avale son doute.
Je me veux et détache de leur palais ce qui est aux paravents du désir.
Je croque à côté.

DÉAMBULATIONS

Dix mois plus tôt.
D'une autre forme de corps. D'un autre rang. Du cycle des tourments intérieurs.

Du romantisme, je ne dérobe que la rose rouge. De la Beauté, la seule fulgurance des faces écorchées. De l'affection, les déclarations éclopées, en coin de lèvres et l'haleine maltée.
Des cajoleries, je ne retiens que la juste pointe de brûlure, au précis carré de temps de détachement des corps, d'ailleurs, je te le rappelle souvent, ne pas toucher mon corps pour rien, ne pas jouer de mes réflexes, ne pas me vendre un réconfort facile, un réconfort de gueux, un réconfort de peuple.
De la tendresse en simple microdiffusion, tout bas, entre deux positions, sans les mains, seuls les yeux, juste ce qu'il faut d'amour pour qu'il soit convertible en lien solidaire, le fameux grand jour où le plus inoffensif des remuements de café sera le point d'honneur d'un énième projet d'amour avorté.

*

De sortie. Rituel d'usage. Vilenies des chauffeurs Tisséo du Bus 19. Des hommes qui me préfèrent avant ou me préfèrent maintenant. Des hommes pratiquant « les avantages de leur sexe ». Immunité cimentée dans les livres qui font guérir les adolescences de fracas, d'initiation : Despentes, Mernissi, Saadawi, mais pas Beauvoir. Parce que pour engendrer de l'universalisme, il faut encore être capable d'y avoir trempé sa nouille.
De marche. Quais de la Daurade. Le regard sur l'autre :
J'emmerde les gueules d'anges. Ni bouleversantes, ni rampantes d'horreur. J'emmerde ces visages aux airs de Benelux, de campagnes françaises et de yaourts La Laitière en pots de verre transparents.
De fuite. Place de la République :
J'emmerde accessoirement l'Iranien du centre culturel Pouya, sa bibliothèque spirituelle et ses toilettes tout en miroirs. Le Persan qui ne s'incarne que dans les joies d'une puissance révolue. Ne lâchant jamais la corde du dédain. Les sourcils noirs et incurvés qui ne vieillissent chez eux, jamais.
Des terres où les broderies et les arcades ne sont qu'une mise en scène de l'esthétisme.
Plus tard, j'emmerderai peut-être aussi le soufisme, le coin de la filouterie religieuse, la tanière des derniers instincts doctrinaires.
Plus tard, si je rencontre à nouveau l'audace de penser, ou s'il me pousse une crête en satin de soie imprimée.

*

Mars 2020. Du silence de mes organes. D'un tourment plus équitable qui prolifère cette fois bien en dehors de ma calebasse.

BORDEAUX,
GUERRE DES ÉPONGES

Le rayon trace les fossettes d'une cité calcaire.
Sans une trémousse de la Terre,
un pavé accroche le pas que d'autres enterrent.
Mon siècle masque les pousses de son inceste.
Sans un costume licteur-coiffe-veste,
un grattoir ravale les facettes d'une humanité faussaire.

ADIEU FÉMINISME

Une jupe ample et évasée le long des jambes,
une moitié de biscuit au sésame niché sur le tiers postérieur de mon palais,
et du retard plein les pieds, je passais la porte d'un artisan pâtissier,
le cœur lège et sans conviction.

— Mademoiselle, murmure-t-il en inclinant son port de tête d'un air enfantin.

« Non c'est Madame, connard, la circulaire Fillon tu connais ? », pensais-je.

Pas l'audace.
Pas l'intérêt.
Pas la culotte assez solide.

— Une pavlova à la violette ? S'il vous plaît !

D'autant que ses veines apparentes ornaient la musculature de ses avant-bras ;
que les cils de ses yeux se rabattaient sur le monde avec ardeur et fermeté ;

les causes de détails ne m'intéressaient plus vraiment.
Ni complainte ni vision.
Seulement prendre matériellement mon dû.

— Vous êtes sûre que tout va bien, mademoiselle ?

Ghlebni sehd, enfin, la chaleur me gagne !
En français, ça a forcément moins de gueule, mais j'ai l'âme en feu si vous saviez. J'aurais presque envie de vous embraser avec moi, j'ai l'âme en peine et votre sourire désinvolte me donnerait envie d'arracher de mes lèvres les vôtres, de les engloutir en une bouchée carnassière pour enfin laisser une partie de vous macérer dans l'acide de mon estomac afin que vous goûtiez, de vos commissures, les relents d'un supplice bien amer, d'une torture qui soumet la majeure partie de mes organes vitaux, d'un désastre humain enfoui derrière une posture pleinement calculée.

— Ça va…

BÂTIMENT LUNIK

La conscience du temps est la mandale refoulée en Occident, je la nargue un lundi soir de semaine les mains jointes à une gandoura retroussée pour la foulée des trois paliers du bâtiment Lunik, je prête corps et tête au fatras d'une culture dans l'autre, aux fracas d'une langue qui fait cri et de gestes qui font bruit.
À la table des aînés, la vie du passé est un conte en replay qu'ils dévoilent au débit d'un tranchement gaillard des pelures d'oranges ou de melon Piñonet, par des mains méditerranées ayant bâti autant que sacrifié.
Les *sedaris* aux reliefs argentés accueillent le premier pas des bébés, l'usure prématurée des premiers adultes qui se construisent dans le lourd billon de l'immigration, et mes pas chassés dans le mille du siècle, l'affront dans les talons que je viens tamiser là où l'autorité du groupe règne et me déleste le temps d'un thé du sacerdoce de liberté.
Au pays des us et croyances, le sacré déloge l'épreuve de Vérité et devient pour nous, enfants brassés sous le jussif du juste concentré des identités, le couloir secret dans lequel on ne pointe plus des pieds.
Le sacré est un jeu sur le velours, sans doute ne produit-il rien qui ne soit si prolifique que le dépassement, mais il fait du culte et de la dévotion un paradoxe de

liberté, une fuite antisociale, un détachement façon Seroplex sans le pâteux sur le faciès.
Ma grand-mère vivra toujours parce qu'elle a l'œil moelleux et humide à en niveler le cumulus de nos petites peines du vivre, parce qu'elle assiste malgré elle, sous ses pudiques enrobages, à la brûlure de nos jeunes confrontations quand elle porte ce regard dignitaire et ancien qui habite l'exercice de nos choix.
Elle embaume de bénédictions nos allées et venues qu'elle décompte à la baisse, fait liquéfier autant de beurre sur les *baghrirs*[1] qu'elle sait prédire pour chacun, réclamant après l'actualité de tous les mondes sous le confort du rempart de sa coutume, elle sait sans le Savoir, elle dicte sans l'alphabet, elle est la tumeur du silence avant mon arrivée.

[1] Crêpes à mille trous (spécialité maghrébine)

LES PÉCHÉS DES FEMMES SONT ROSES

Elle n'a jamais disparu l'heure des rites et des incantations.
Il suffit de veiller assez longuement dans un coin de femmes
pour entendre se murmurer de nos intempérances la rédemption
et de nos scandales les pardons. Ni trop intègres ni bafouillés,
juste ce qu'il faut pour pouvoir pécher encore et sûrement
sans trop écorcher chaque fois de notre probité le galbe.

MINUTE

Le cadran manque de place et les vœux s'écrasent au ras des nuages.
L'heure est à vendre, les secondes piquent des tic-tac de racolage.
Minute,
nos soifs seront pilées et fondues au tact d'une purée de brigue sous le lit de notre temps.
Aux droits de l'Homme manque la ponctuation du vivre.
Aux femmes qui se brûlent au temps qui les remplacent manque l'errance du vivre.
À l'Osteria Palatino, un jeune serveur italien,
l'allongement du toucher après le tirage du ticket bancaire,
vous fera oublier la longévité de leurs pères.
Minute,
nos peurs seront brassées et fondues au tact d'une purée d'emprise sous le lit de nos silences crédules.
Minute,
J'ai encore coulé l'éthique dans un bain de pulpe.

AMENDEMENT DU PATRIARCAT

Vrac.
Les jambes en plâtre dans les peut-être.
La résille vingt deniers s'effile aux crochets des bancs de l'amphi Boyer
qui peinent à hisser ces élèves de Panurge avachis par une gueule de bois
fomentée par le cul sec des Savoirs.

Sous le poids d'une émulation vaine,
l'élitisme
arque, voûte et cambre le dos des étudiants,
en fait les nouveaux pilastres pour soutenir son cloître.

Mais je suis là et c'est meilleur qu'ailleurs.
D'après la grande voix
qu'elle soit de Dieu ou de Beauvoir.
De pouvoir ou de foi.
Le sort ne déroule son œuvre qu'à la condition de croire.
Elle m'emmène là,
la grande voix,
Là !
Où le filet devient tamis.
Où le vomi se rend tapis.

Rang de droite.
Quelque chose de l'homme intègre, en rose chemise.
Je le concède.
J'aurais bien vécu le règne des hommes,
fidèle descendante de la première croqueuse de pomme,
si ces empereurs avaient eu la bonne grâce
de nous laisser tous les aimer.

DIEU CRÉA L'HOMME

La lune est en deuil. Qu'importe !
Qu'est-elle d'autre qu'un modeste bijou fantaisie voué à la nuit
qui concède une part de l'érotisme du monde ?

Saurais-tu me dire, toi, de quel organe jaillit l'écriture ?

Le Verbe renfle la carotide et j'avance quelques pas timides dans le bar Saint Sernin, aux montures d'art contemporain, l'artiste malin qui perche la valeur sur la voie anagogique tenant à l'illusion d'un sens qui ne serait ni l'absurde ni l'insignifiance.
Aux banquettes qui font aux filles des cuisses en scratch, laissant entendre les mouvements d'une jambe sur l'autre, les raccommodements d'une doublure sous le vêtement, les réflexes d'une posture enjôleuse à la vue de chaque passant.
Le bruit s'élève plus haut et plus fort que la bossanova et qu'ils deviennent laids ces visages qui d'une suffisance mondaine absorbent le silence berçant du bar dans lequel je suis venue me rincer l'âme.
Ceux-là mêmes qui font barrage à la pensée lorsqu'ils mastiquent abruptement leurs viennoiseries avant

d'essuyer leurs doigts luisants sur la poche d'un pantalon en velours bien trop grand et délavé pour inspirer un quelconque style rétro.

« Oui ! J'ai fait mon choix, une verveine sans menthe, s'il vous plaît ! »

La bourse de mousseline au cordon de serrage des tisanes consacre la pacification de notre espace-siècle.
Le service est rapide, il dépose la porcelaine frémissante entre mes mains en faisant scintiller ses canines.
Il a le cheveu long remonté en queue-de-cheval et je me dis que finalement ça ne rend pas trop mal.

L'avance sur nos rendez-vous c'est la rencontre avec nous-mêmes, cette part de notre psyché qui se confronte au miroir de l'attente consentie.

Puisse-t-il me laisser le temps d'aimer, de fleurer les odeurs de la sainte virilité qui émane du creux arrière de ses lobes, d'écrire son corps et de chanter l'enthousiasme. Et dans ma chambre des solitudes, invoquer les souvenirs de ces journées où nous vivions d'ardeur et de démence à peine au-dessus de Dieu, en apesanteur, défiant les lois du Ciel.
Je me souviens de cette révélation, de ce jour où les jambes nues aux cieux des quatre murs, j'ai appris qu'il ne m'avait jamais été donné la foi d'aimer décemment les hommes.
Oui ! Ce narcissisme qui déborde de nos corps de femme,

ce désir est tourné vers soi, ce féminin félin se lèche en détournant son regard du mâle, mais jamais de l'effet de son propre reflet.
Les révélations ont leurs fructueux corollaires, les femmes broient leurs pairs, leurs satisfactions étant résolues dans l'unique et truculent désir de plaire.

Toi, l'homme, qui vantait la liberté de mon corps, tu sais maintenant qu'elle venait de là, de cette autolâtrie, ma chair n'avait pour monture que mon désir propre.

Toi, la militante, je te vois tordre une cuillère en bois dans un fondant chocolat sous le parasol chauffant de la cour du café associatif, une Puff saveur *guava* en vapeur, signer des pétitions en rafales contre la féminisation du drame.

« Tu sais...
Les droits des femmes c'est juste une histoire de cul.
La fesse voilée, la fesse twerkée, on sait plus trop,
avoir la fesse en fleur, tout est là ! »

L'idéologie manque de plastique, elle s'attelle à lifter nos différences à la noble traque des violences,
échec ! Elle s'envase dans une aporie de substance. D'où vient le mal ? Les constructions humaines sont aussi naturelles, comment abattre l'animal ? Vos négligeables déconstructions sont des fêtes tristes, elles déjouent les

accords, fausses notes dans le concert des nations.

Je veux retrouver l'instinct de l'homme, brut, chaud, et imposant.

Ta barbe noire imposante et fournie habille mon buste.
Tes lèvres rouille et humides vont aligner ces mêmes mots entre deux respirations haletantes
« Tu m'appartiens, tu m'appartiens, au moins maintenant. »

Et aujourd'hui, sous les cieux toulousains, Dieu créa l'homme.

IL S'EST PASSÉ UNE PANDÉMIE

Il s'est passé une pandémie

J'ai gratté ma *bobby pin* sur le dos de mon pied droit pour en faire bondir la verrue plantaire qui s'empressait à sécher juste à point pour l'occasion de la saison des robes midi en lyocell et des sandales à plateforme, modelées pour ces petits jours où les courbures de pieds ne se sentent pas tenues de prendre un alibi de femme.

Je n'ai pas vu le ciel depuis plus d'un mois.
De ce ciel, je n'ai au mieux que la vue d'une garde-robe à la disposition des dieux.
De ce ciel qui ne tombe jamais que sur la tête des purotins.
De sa discordance à l'endroit du *statu quo* des Hommes, de son ton fallacieusement copurchic qui aurait trouvé étoffe à envier du côté de chez mon plafond maladroitement lissé d'enduit, cabossé parfois, quand mis en lumière par le péché esthétique des luminaires d'innovation LED.

Je n'ai pas vu le bétail humain depuis presque autant de temps.
Je l'ai entendu, meugler des causes. Des gagne-pain.

Exhiber des parts de bonté.
De même que mes semblables, je feins de croire aux humanismes et présume les fourberies charitables avec encore plus de force que les droits de l'homme et de ses libertés.
Les claquements frénétiques de leurs doigts ne me feront jamais oublier les piétinements.
Les piétinements dans les regards, dans les alliances, dans les métros.

Et nous aurons décroché notre heure de contre politique. La relecture de l'Histoire. La période du « NON ». Y croire. Ah ! Nos eschatologistes des affaires publiques, qui auront eu le mérite de faire frémir les âmes prédicatrices du chaos. D'un chaos, pourrais-je le croire, peu s'en faut désiré ? Ils désirent dégorger à l'extérieur d'eux-mêmes leur désordre intérieur.

J'ai vécu cette période à peu près sans fable émotionnelle. Je me retrouve, contre bon plaisir, à retirer un pied qui croule dans les marécages de la vieillesse. Beaucoup trop tôt. Et beaucoup trop fort surtout.
Il a été question de se retrouver, d'un seul soir, imperméable à la somme des manèges de l'existence ; les circonstances ontologiques n'aident pas. Puisque nous n'avons pas consenti à vivre, que nous n'avons aucune prise matérielle solide et plus d'accession possible à notre monde profond, si ce n'est dans la représentation.
J'ai pris coutume de laisser le vent des désastres humains

me caresser la nuque pour au contraire m'effondrer devant les petits sorts du vivre mondain.

Et si demain existe, je le voudrais beurré de pollution, huilé de ces injustices dans lesquelles je baigne toujours autant, et même débordant de souffrances, pourvu qu'il me soit toujours permis de communier, de sacré ou de profane, de loin ou de front, avec ces esprits à la stature de bronze qui s'incarne dans mon regard.

*

Mon regard. C'est bien tout ce qu'il me reste comme biais pour croire. Tout ce que mon relativisme dévorant n'a pas eu l'audace d'annihiler encore. Tout ce qui me fait quémander la compagnie des Hommes dans ces brèches du jour où il m'arrive de bouder Dieu, de l'interpeller en haut de la colline du Pech-David, de lui jeter une canette de bière écrasée au risque du tétanos, de le menacer, la moue aux lèvres, en le suppliant de me tendre la corde en raphia doré tenue par un merle aux pouvoirs de parole et de visite, en le suppliant de ne plus quitter mon dessus de tête, de ne plus me laisser trop longtemps sans signes.

LES VOISINS D'ABORD

Je n'ai eu d'autre choix que de limiter l'observatoire de mes contemplations
aux simples poignées de mains partagées.
Par-là, réduire ma perception du monde environnant, rétrécir mon panorama et ne pas nourrir
mes émotions déjà mixées et encrassées. Comme tous, chaque jour, je me trouve devant
cette pente baveuse, rendue glissante par les sentiments des autres.
Au diable, le devenir du monde !
Ce matin, un ami m'a curieusement demandé si j'étais heureuse.
Je l'ai été, j'ai su faire réception de cette rose orange, et m'enferrer avec initiation
dans ce grand bain où le symbole est devenu rite d'assentiment.
Un bain appelle toujours une confrontation.
Un débit d'eau réglable et un carré de miroir vaporeux qui dit :
« Scarifie ta gueule qu'on voie si on t'aime toujours. »
Je l'ai été à l'épreuve de Yann, chez qui le sourire d'humanité dévorante a rongé les barreaux
qui cernaient mon idéal engourdi.

Heureuse, quand le regard de Françoise s'anime, traduisant l'énergie intérieure qui l'occupe,
elle cherche en elle, à tâtons, les morceaux brisés de son image, son corps, lui, reste pétrifié.
Mon humeur jongle entre la cadence de l'homme aux larges fossettes et celle d'une âme qui cherche à s'enfuir par les yeux d'un corps trop infirme, mais que rien ni personne ne pourrait accueillir avant la mort.
Là, je ne sais pas si j'ai été heureuse.
J'ai eu un mal qui ne s'est pourtant pas changé en malheur.
Il n'y a pas assez de mots, pas de mots aussi pour définir ce que je ne ressens pas, pas de mots pour les autres lorsque la fatalité les fait capituler.
Ce n'est pas un mal comme un autre. La cage thoracique s'affaisse entraînant fentes et fissures des chairs, fragilisant toutes les colonnes jusqu'à la cave intestinale, tout cela en un éclair, la décharge de son dard est si douloureuse, que la fatalité, cette chute, périt avec nous, disparaît en son sort.

SOUS-VIVANTE

La vie ne m'appartient que dans sa part de brume.
Ses bons offices me sont arrachés et à chaque éveil de clarté,
mon bonheur serre la coupe d'un trophée disloqué.
Dans ces moments où elle cesse de m'appartenir, je ne deviens
qu'une sous-vivante domptée par l'armée de lyctus couvée par mon épigastre.
La vie ne m'appartient que dans ses sous-sols.
Je ne la ressens qu'au travers le souffle des communs.
Je la regarde, au grand considérant que les dépouilles n'offrent pas de meilleure vue.
Je ne la caresse qu'en prenant la fuite, ne la désire que d'impulsion.
Mais ce qu'il y a par-dessus la vie, comme statut mitoyen de l'existence,
comme les gisements d'une inspiration et ses vapeurs.
Pas le rêve.
Non, pas le rêve,
Il est l'heure de le déshériter.

CONFIDENCE

Je te serai bien montée dessus.
Bien qu'il fasse trop noir pour porter la gloire de s'être donné en spectacle.
« S'apprivoiser », qu'elle dit la psy, parce que tu comprends c'est comme ça qu'on « tisse des liens ».
Or, Minotaure, moi je crois qu'ils ne sont pas prêts à s'habituer aux âmes vampires, celles qui surgissent quand quelques étoiles bien bâties s'alignent sur les volets de leur détresse, et qu'elles les habilitent à sucer la moelle de quelques genres humains chargés en existence, sous les auspices de ce que les théoriciens des valeurs sur notre terre appellent « amour versatile ».

LE VRAI NE SUFFIT PAS À LUI-MÊME

Il a fallu se détacher encore.
Laisser barrir Ganesh, émietter les feuilles d'oliviers, et laisser son arrière-train se lier de destin parmi
les fausses constellations, ces toutes puissances non renommées, qu'on ramasse dans quelque intervention sincère, non pas dans ce qu'elle pourrait contenir de vrai ou juste, mais de revers tranchant.

QUI POUR RÉSOUDRE L'EXISTENCE ?

Se réveiller.
Enfiler une combinaison à pois.
Se souvenir que les choix sont les drames du vivre.
Qu'il y a dans ce renoncement l'idée de faire avorter une part d'un destin alternatif.
Choisir c'est céder ses scénarios à Dieu. Ou les lui rendre, sans qu'il incline tête d'ailleurs.
Choisir c'est sacrifier du fœtus dans l'œuf.
Le coccyx vulnérable aux lendemains.

LE BRUIT DES AUTRES

Je m'affale sur l'acier d'une bouche d'égout quand les fleuristes pakistanais ne se gardent jamais d'attendrir les habitués des coins piétons.
Le monde et sa danse deviennent contractures et s'accumulent autour du point de la septième vertèbre.
Les marchands de bien-être ne sont que rarement hommes, et il faut des hommes de main entre les paumes desquelles moudre les pâleurs à la force du risque.
Mais on ne refait pas société, les doléances infectent les boulevards et opilent les ruelles d'un carton geignard.
Je traverse la place Saint-Georges, m'alimente industriellement, la démarche poltronne, les pieds croisés dans une artère fourmillante qui me ressuscite et me cloue à l'impasse de mes défauts d'intégration et d'imperméabilité.
Je suis une bête sans la peau et une proie à mille trous.
Et je cherche dans le nombril d'une rose, dans le souvenir d'un désir véreux, une trame à l'origine de mes errances.
Une trame et, secrètement, une prédiction burlesque.
La chute.

LA RANCUNE DE L'ÉGLISE

Saint-Sernin, carré spirituel.
Aujourd'hui,
Pèlerins pas pour un sou.
Reliques de saint Saturnin, ce n'est pas pour nous.

On fait crédit de la verdure,
Avant de clamser la plante du pied courbée.
J'entends déjà la cloche carillonner :
« Bande d'enfoirés, bande d'enfoirés ! »

CUPIDONS ET ARCS CONTEMPORAINS

Ça, c'est moi.
Quand je me bats pour te vivre à l'écart des simulacres d'unions et de limites.
Quand je me souviens ne savoir t'aimer que sous les replis de pas d'une sarabande,
que dans les draps d'une autre chambre.
Moi, quand je n'endigue pas mes flots d'obsessions
et qu'il aurait fallu que j'aille enterrer mon corps contre celui d'un prêtre pédophile dans une pampa bolivienne, pour que le jugement des Hommes, s'il en est un, puisse m'être favorable par circonstance, bien placée parmi les copies de vies.
Mais pour l'heure, il s'agit bien de moi qui peine à encastrer une autolâtrie dans le cellier des sentiments.
De moi qui me bats contre la vie pour lamper ses accrocs et conjurer la toute conscience de son endolorissement.
De moi qui me souviens que les hommes possèdent ou déversent sans lettre de noblesse ce qui aurait dû être autre chose que blanc.
Ça, c'est lui.
Quand il pince le galop de mon esprit pour me rappeler qu'une identité ne s'écrit pas à l'encre de soi :

« Je crois bien que tu es tractée par l'incarnation d'une auto-utopie que ton phrasé ne traduit pas, mais trahit… »

AU COMPTOIR DE L'ANTHROPOLOGIE

Moi, je ne crois pas que ce soit une chose très naturelle que d'être une fille bien.
Les hommes en deviennent bien cireux de ces compagnies-là.
Même s'ils ne l'admettent que le lendemain de leurs noces d'étain.
Je les découvre, dès que les heures s'abattent après midi, chercher la femme butineuse, la femme papillon, celle qui pourrait brûler sous une caresse, qui pourrait faire jouir la morale et, d'une langue capable, de sa pointe tendue, faire basculer tous les équilibres dans la folie.

SUR L'AILE DROITE

Les quotidiens deviennent coton et n'accrochent qu'à une réalité bouffie de démissions.
Alors il faut affluer où les autres sont encore en vie, décliner une caution de salubrité, dévoiler au garde l'intérieur de son poignet pour un tampon en patte d'ours stylisée, traîner l'offense de l'usage d'un baisemain carapaté sans même une révolte de moues féminines.
Je m'installe au second rang sur l'aile droite, à l'écoute d'une causerie entre convives qui pratiquent des métiers à idées, pour sauver des projectiles la jeunesse des Izards moulue par la boucle infrangible d'une survie de classe soudée par le clou enfoncé du marteau et de la faucille.
Mon écoute est entière et ne sera rompue que par la pratique répulsive des acquiescements en cascade, d'une femme plutôt désirable dans un milieu militant gauche où l'esthétique est exécutée au profit des tee-shirts floqués et des ravages olfactifs du tabac à rouler.
Ma face se rubéfie pour se confondre à la teinte de mes lèvres, je lutte pour défaire ma fibre grise de son amassement autour des répétitions de mouvements qui font givrer mon attention.
La naissance des tyrans n'a probablement commencé que

par ces primaires agacements.
J'appuie de nouveau l'œil contre l'assemblée quand une vieille dame à la carrière contestataire fait de la place aux injustices sur l'étagère, jurant un racisme de primauté pour les jeunes mâles, pleine de mépris pour celles qu'elle déporte sous la table :
Les beurettes.
L'échantillon de jeunesse populaire enserré par les garanties de représentation se met alors à gigoter et l'un ne cessera pas de tirer de sa camarade les cheveux réunis en catogan, la rudoyant à l'effet de ce mot mis en service par l'adulte.
Beurette.
Le reste n'était, à une intervention près, que constats fanés et j'ai tiré ma consistance d'un sandwich merguez à la mie alvéolée, à la croûte qui s'effrite avant le croc, servi par deux demoiselles aux cheveux laqués au regard devenu lascif au biberon de la vergogne, à la confiance bancale, aux besoins de petites dames.
J'avais été elles.
Un Uber Comfort marque l'arrêt sous mes bottines, Ahcene recouvre mon regard dans le rétro et amortit mes larmes en prenant de la vitesse, la variété française chantait « à qui dire qu'on est seul ? », quant à moi je me suis promis de célébrer, un jour meilleur, la femme arabe.

SINISTROSE

La vie d'adulte, le dernier battement de carte d'un tricheur utile.
Le vernis du choix grime l'oracle de notre sort,
Entre deux, combien sommes-nous à singer le gain, les joues butées contre la rame de notre mort ?
(...)
Le Gorgonzola est plus qu'un fromage, il cintre l'aubergine et tire au millimètre la mâchoire de Phil
farcie aux salades d'un vécu cartonné en *street* symboles qu'il rempile.
Lui, voudrait moins de Boursin dans ces bouches de repris qui deviennent conteurs à haute voix d'une délinquance habile, gratteurs d'une reconnaissance comme un antipasti goulu qu'on prend pour trois à regret du prix.
La vie d'adulte est injuste, je rêve de chasser les abeilles de leurs ruches.
Nous sommes nés à la marge des réponses, nous vivrons estampés sous le presse-métal de la même question et notre fuite ne sera plus les Autres, ces architectes qui depuis tant et tant ont œuvré au crayon d'un génie en papier-calque accolé aux traits scellés d'une condition qu'ils n'ont jamais dépassée.

COURSE DE RELAIS

Le legs de mes obsessions ne se repose que sur le cerveau bâillant d'un homme qui annexe le soleil à son col.
L'irréel est le liant de nos réactions, elles sont les apartés qui pèsent autant qu'une partition de dictons.
La vie gagne l'espace et je tiendrai, ingrate, la mesure de mes liens par le bouton de leur déclin.
L'humeur de mes doutes éclate sur la figure d'un homme qui dérobe l'étirage de sa raison sous sa toison.
D'un homme qui torture dans le bouillon du souvenir, la poudre déshydratée du pâle présent.
La vie gagne l'espace et je tiendrai, ingrate, la mesure de mes liens par le bouton de leur déclin.
Je demanderai en fin, par quelle touche fourrer entre les mains de ceux qui ont couru ma vie, le rouge témoin.

JENGA

Je toise les entours et agrafe l'œil des proches, pour ce qu'ils ont comme goût de guimauve en cloche.
L'évolution ou son cours déroule aux grands enfants un monde au bassin acculé.
Un monde qui s'érige pour tous en se rendant pour l'un décharné.
Je m'appuie sur l'inconfort d'un pavé désaxé et agrafe l'œil à la croisée des voies, pour ce qu'il y a de veine que la vie soit un simple Jenga.

SANS TIMBRE

Paris, 2020

Je travestis notre souvenir et l'aborde aux amitiés passantes qui m'écoutent moins qu'elles ne m'empêchent d'écraser mon amour-propre contre la digue des sentiments que tu ne partages pas.
Ton regard est habile. Ta marche aiguisée. Ton cœur enseveli sous le muscle qui relève ta pensée.
C'est à l'impasse de cet hôtel, sous une pluie qu'on dit heureuse, que j'ai su porter le sentiment pour deux, qu'il fallait bouter tes mains de cette entreprise du caprice, et de mon corps si capable en ouvertures qui rallie de façon incertaine mes brèches à leur siège.
J'ai éprouvé l'amour, une fois certaine de l'avoir manqué. Mais daigne le croire, ma gouvernance n'aura rien déjoué, je me retrouve aujourd'hui forte de mes larmes saponifiées et de ton image sanctifiée.

DORA

L'altitude est le confort des enthousiasmes foulés,
elle accorde les premiers plans faciles dans la poursuite de la beauté.
Mais les seins du monde n'ont de support que l'appareil du cœur,
et la caldeira n'aura pour moi que la valeur d'un énième mythe fondateur :
imposer à l'Homme la gouvernance du bien,
la chaîne humaine se bat seule et contre elle-même pour étriller sa propre loi.
Le bien est l'exception innée au chantage, le crampon de nos consciences,
ou l'éclat de pureté qui aligne la mine de Dora.
Ses pupilles ont la forme des bonnes intentions,
son nez droitement retroussé lit les entorses à mon présent,
ses lèvres miment les « attentions » qu'ils peuvent prédire
quand ses bras se dressent à chacune de mes sorties
pour me suivre jusqu'au bout de sa vue presbyte.
Elle avait de ma mère sans l'être,
elle avait de ma mère sans la peur qui fait de l'amour un clapier.
Nos parents se retrouvent en tout et partout,
sans doute leur vocation que de nous obséder.

Dora…
Je la regarde, je veux tomber en elle,
quelque chose nous oppose en ressemblance.
Elle garde les marques d'une beauté candide,
me voit présentée au monde, apprêtée d'une insolence de principe.
J'aimerais qu'il me suffise d'habiter mon rôle,
elle aimerait *in petto* essuyer sa sagesse sur ma peau.

LA FRINGALE DU SENS

Nous saurons tanguer autour des accrocs de notre temps.
Empaler le risque, se débarrasser ne fût-ce qu'à demi
de ces amulettes ou de ces étreintes empruntées à la boulimie du plaire.
Nous saurons éprouver la force d'accoster à mi-tranchée.
Mille fois s'il le faut.
Mille fois l'inquisition.
N'est-ce pas cette fronde-là qui se joue dans mon regard ?
Mon seul activisme.
Celui d'une réalisation, dévastée par la fringale du sens.

TABLE DES MATIÈRES

PRÉFACE

J'ai jeté aux loups le verbe penser, par Grégory Huck 5

CE QUI RESTE DE PULPE

Contre-Nature 13
La Cabane dorée 15
Sève 17
Va-et-vient 18
Refuge urbain 22
Du poivre dans l'œil 24
Miroir grossissant 26
Fruit répandu 27
Le Goût de soi 28
Déambulations 29
Bordeaux, guerre des éponges 32
Adieu féminisme 33
Bâtiment Lunik 35
Les péchés des femmes sont roses 37
Minute 38
Amendement du patriarcat 39
Dieu créa l'homme 41
Il s'est passé une pandémie 45
Les Voisins d'abord 48

Sous-vivante 50
Confidence 51
Le vrai ne se suffit pas à lui-même 52
Qui pour résoudre l'existence ? 53
Le Bruit des autres 54
La Rancune de l'Église 55
Cupidon et arcs contemporains 56
Au comptoir de l'anthropologie 58
Sur l'aile droite 59
Sinistrose 61
Course de relais 62
Jenga 63
Sans timbre 64
Dora 65
La Fringale du sens 67

BIOGRAPHIE 71
COLLECTION DE L'OLIFANT 72
ŒUVRE EN COUVERTURE — ILLUSTRATION 73

BIOGRAPHIE

Sarah Hatimi est une femme de lettres toulousaine, à la culture franco-marocaine. Passionnée par la beauté de la rhétorique, diplômée de droit, heureuse contemplative de ses contemporains, elle aime traduire en poésie leurs atermoiements et les siens. *Ce qui reste de pulpe* est sa première publication en qualité de poète.

COLLECTION DE L'Olifant

Une collection de poésie dirigée par Grégory Huck.
« Pour une poésie de l'alerte et de l'enthousiasme. »

La collection de l'Olifant a été créée par le poète Grégory Huck au sein de Belladone édition, à Paris, en 2015. Elle a été reprise par les éditions Abstractions en 2023. Cette collection a pour vocation de recueillir des voix majeures de la poésie contemporaine, et de mettre en lumière des talents émergents, ainsi que des poètes plus anciens, oubliés ou méconnus.

Collection de l'Olifant chez Belladone édition, 2015 – 2018 :
1. Jean-Paul Klée — *Décembre difficile*
2. Maurice Rollinat — *Les Névroses*
3. Michel Loetscher — *Le Vin des affligés*
4. Dostena — *Il est temps*

Hors Collection dirigée par Aurore Guillemette :
5. Grégory Huck – *Sapiens Terminus*

Collection de l'Olifant/Variations/Pour une étude de la poésie :
6. Aurore Guillemette et Aurélien Clause — *Sapphô La Dixième Muse*

Collection de l'Olifant chez Abstractions, à partir de 2023 :
7. Sarah Hatimi — *Ce qui reste de pulpe*

ŒUVRE EN COUVERTURE

© Walter Geraci

Inside (2022)

Huile sur toile

ILLUSTRATION

Avec l'aimable autorisation de :

© Beb.Art

Bellachiante (2019) : page 23

Crayon à papier, feutre Micron à micro-pigments, noir, en 0,03 mm, et papier Canson.